Mit jedem Schritt zum Glück

Heike Doeve

Buchbeschreibung

„Manchmal führt der Weg zum Glück über unerwartete Entdeckungen." Anne, eine junge Frau voller Hoffnungen, findet beim Staubwischen einen fremden Brief, der ihr den Boden unter den Füßen wegzieht. Ist ihr Freund wirklich untreu? Lena, die in ihrem eigenen Chaos gefangen ist, stößt beim Aufräumen auf eine mysteriöse Restaurant-Rechnung, die ihre Welt ins Wanken bringt. Und Lea, die gerade den Verlust ihrer geliebten Oma verarbeitet, entdeckt ein altes Rezept, das sie an die süßen Momente ihrer Kindheit erinnert. Doch während sie sich auf die Einweihung ihrer Terrasse vorbereitet, stellt sich die Frage: Welche Geheimnisse werden ans Licht kommen, wenn sie die Vergangenheit mit der Gegenwart verknüpft?

Drei Frauen, drei Geschichten, ein gemeinsames Thema: Finden. Was wirst Du auf deinem Weg entdecken?

Über den Autor

Heike Doeve wurde im Mai 1969 in Haan geboren. Sie ist verheiratet und lebt in Wuppertal.

Sie ist vom Beruf her gelernte Hauswirtschafterin. Doch kann sie diesen aus gesundheitlichen Gründen nicht mehr ausüben. Sie entschied sich für das Schreiben, da sie schon immer gerne gelesen hat. Und diese Geschichten den Wunsch in ihr geweckt hatten.

Ihre Hauptgenres sind Kurzgeschichten und Fantasy. Um ihr Wissen zu erweitern, hat sie sich durch einen Fernkurs im Schreiben fortgebildet.

Mit jedem Schritt zum Glück

Entdeckungen, die das Leben verändern

Heike Doeve

Verlag: BoD · Books on Demand GmbH,
In de Tarpen 42, 22848 Norderstedt,
bod@bod.de
Druck: Libri Plureos GmbH,
Friedensallee 273, 22763 Hamburg
ISBN: 978-3-7693-5830-8

Heike Doeve

Fremder Brief -
Annes Kampf um ihr Glück

Eine Kurzgeschichte

Worum geht es?

Anne ist eine junge Frau, die ihr Leben im Griff hat. Doch als sie beim Staubwischen ein Schreiben von einer ihr unbekannten Dame findet, gerät ihr Dasein aus den Fugen. Denn sie hat das schon einmal erlebt und denkt sofort, dass ihr Freund sie betrügt. Es kommt zum Streit und Anne muss sich entscheiden, ob sie ihm vertraut oder nicht. Findet sie die Wahrheit heraus? Oder verliert sie alles?

Fremder Brief - Annes Kampf um ihr Glück

Anne kam von der Düsseldorfer Kunstakademie nach Hause. Sie hatte die Wohnung in Wuppertal zusammen mit Tobias vor einem Jahr bezogen. Als sie die Jacke an die Garderobe hängte, fiel ihr wieder auf, wie gut der helle Beigeton der Wände zu den Holzmöbeln passte. Ich bin froh, dass ich mich bei der Farbe durchgesetzt habe, dachte sie und seufzte. Auch wenn es eine lange Diskussion war, schloss sie und schritt den Flur entlang. Als sie das Wohnzimmer betrat, erinnerte sie sich daran, wie sehr sie sich darüber gefreut hatte, dass sie diese Wohnung bekommen hatten. Wie schön! Dass sie nur zehn Minuten vom Bahnhof entfernt liegt, meinte sie zu sich und strahlte. Außerdem ist es super, dass die Bude von der Miete her günstig ist, fand sie.

Als Anne sich in einen Sessel setzte, sang sie vor sich hin. Es war ein langer Tag für sie gewesen. Weil ein Zug ausgefallen war, war sie später dran als sonst. Aber das störte sie nicht. Sie brach mitten im Lied ab, da sie sich, an was erinnerte. Ich hoffe, dass sich Tobias über unser Kind genauso freut wie ich, dachte sie. Als sie den Test heute Morgen durchgeführt hatte, war er nicht mehr da gewesen. Und so hatte sie beschlossen, es ihm am Abend zu sagen.

Sie sah auf die Wanduhr und stellte fest, dass es 16 Uhr war. Sie stöhnte, da sie wusste, dass ihr Freund erst in einer Stunde heimkam. Denn Tobias hatte ihr vor dem Schlafengehen gesagt, dass er heute ausnahmsweise statt im Büro im Außendienst arbeitete. Da ein Kollege krank geworden war. Da Anne nicht still sitzen konnte, weil sie viel zu aufgedreht war, beschloss sie, Staub zu wischen.

Es war eine dreiviertel Stunde später. Und sie war fast am Ende ihrer Runde angekommen. Als sie auf dem Couchtisch ein paar Prospekte hochhob, fiel ihr ein Brief vor die Füße. Sie hob ihn vom Boden auf und sah ihn sich genauer an. Der Name des Absenders, eine Frau Nicole Ton, war ihr unbekannt. Wer ist das, fragte sie sich und dachte nach. Und warum hast du mir nicht erzählt, dass du ein Schreiben bekommen hast, wunderte sie sich, als sie feststellte, dass der Brief an ihren Freund adressiert war. Sie wusste, dass es sich um private Post handelte. Denn die Geschäftspost ließ sich Tobias ins Büro schicken, wo er an zwei Tage in der Woche arbeitete.

Den Rest der Zeit besuchte er die Kunden zu Hause.

Verdammt!, fluchte sie, als sie anfing, zu überlegen, was der Grund für sein Schweigen sein könnte. Das darf nicht wahr sein, dachte sie, als ihr die gefühlten hundert Abende einfielen, die Tobias angeblich mit Freunden verbracht hatte. Mist!,meinte sie zu sich und ballte die Hände zu Fäusten. Wie naiv war ich denn, schimpfte sie und boxte die Armlehne des Sessels, der neben ihr stand. Nach einem Moment hielt sie inne und atmete ein und aus. Oder liebe ich ihn zu sehr, um die Anzeichen zu erkennen, fragte sie sich und stockte. Rasch setzte sie sich, als sie sich daran erinnerte, dass sie das alles schon erlebt hatte. Sie seufzte, als ihr einfiel, dass sie den verräterischen Brief das letzte Mal beim Aufräumen in einer Schublade gefunden hatte. Mist!, dachte sie, weil sie Tränen auf ihrer Wange spürte. Rasch wischte sie sich mit der Wand über das Gesicht und kämpfte mit sich.

Nach einem Moment starrte sie die Post an, die sie auf den Couchtisch gelegt hatte. Ich hoffe, dass ich mich irre. Denn ich bin nicht stark genug, eine zweite Trennung zu verkraften, stellte sie fest und seufzte. Das muss ich heute Abend noch klären, entschied sie, als sie hörte, wie Tobias die Haustür aufschloss. Rasch holte sie Luft und sammelte sich.

„Hallo Anne!", begrüßte Tobi sie, als er den Raum betrat. „Wie war dein Tag", fragte er und lächelte sie an.

Anne wandte sich zu ihrem Freund um und sah ihn an. Als sie feststellte, dass er noch seine Jacke trug, stöhnte sie. Das ist kein gutes Zeichen! Aber es bringt nichts, wenn ich jetzt einen Streit anfange, dachte sie. Rasch atmete sie ein und aus und antwortete: „Gut! In der

Akademie war meine Hausaufgabe wieder die beste."

„Ich gratuliere dir!", meinte Tobias, schritt zu ihr und umarmte sie. Dann fügte er hinzu: „Ich bin mir sicher, dass sich die Bilder gut verkaufen lassen. Da du schon jetzt einen ganz eigenen Stil hast. Denk mal drüber nach." Er trat zurück und schaute sie an.

„Da hast du sicher recht!" , sagte sie und stockte, weil sie sich an was erinnerte. Danach gab sie sich einen Ruck und fügte hinzu: „Du bist nicht der Erste, der mir das vorschlägt. Denn das hat mein Lehrer auch schon gesagt." Sie verstummte und zuckte mit den Schultern. Dann schloss sie mit den Worten: „Er meinte, ich solle eine Ausstellung mit den Bildern organisieren. In der sie auch gekauft werden können." Sie schwieg und räusperte sich. Danach sah sie ihren Freund an und fragte: „Und wie war es bei dir?"

„Die Idee finde ich gut!", gab Tobias zu und lächelte sie an. Dann fuhr er fort: „Falls du das machen möchtest, helfe ich dir dabei." Er hielt inne, holte Luft, setzte neu an und antwortete: „Bei mir war es heute einer der besseren Tage. Denn ich habe viel verkauft. Ich denke, wenn ich so weitermache, haben wir bald den Anteil, welchen die Bank verlangt zusammen, damit wir den Kredit für ein eigenes Haus bekommen." Er schwieg und drehte sich zu ihr um. Nach einem Moment meinte er: „Falls du die Bilder verkaufen würdest, ginge es noch schneller." Er verstummte und zuckte mit den Schultern. Dann fragte er: „Oder möchtest du das nicht mehr?"

Anne antwortete nicht, sondern sie sah zum Tisch. Und das erinnerte sie an den Brief, den sie fast wieder vergessen hatte. Sie beugte sich vor und hob ihn hoch. Danach wandte sie sich zu ihm um und erwiderte:„Du weißt, wie sehr ich mir ein eigenes Haus wünsche! Aber seit ich eben dieses Schreiben gefunden habe, weiß ich nicht, ob ich dir noch vertrauen kann." Sie hielt inne und wedelte mit dem Umschlag vor seinem Gesicht herum. Dann fragte sie mit lauter und schriller Stimme: „Wie lange betrügst du mich schon?" Sie brach ab und ballte die freie Hand zu einer Faust. Ich beruhige mich jetzt sofort, mahnte sie sich und atmete ein und aus. Doch sie spürte, dass sie dafür viel zu wütend war.

Tobias starrte sie einen Moment an. Dann riss er sich zusammen und wollte wissen: „Wie kommst du denn darauf?" Er schwieg und merkte, dass sie immer noch sauer war. Mist!, dachte er und seufzte. Danach setzte er neu an und meinte: „Ich habe dich nie betrogen. Und das werde ich auch in Zukunft nicht tun. Denn du bist alles für mich." Er verstummte, schaute auf die Wanduhr und fügte hinzu: „Ich treffe mich jetzt mit ein paar Freunden." Er hielt inne und drehte sich zu ihr um. Dann gab er sich einen Ruck und meinte: „Wir reden morgen darüber, wenn du dich beruhigt hast. Okay?" Nach diesen Worten wandte er sich um und schritt zur Tür.

„Und das soll ich dir glauben? Ist es nicht eher eine Nicole Ton, mit der du dich triffst?", schrie Anne seinem Rücken zu und schwieg. Danach räusperte sie sich und erklärte: „Ich kenne die Anzeichen. Denn ich habe das schon einmal erlebt. Mein Exfreund ist immer ausgewichen, wenn ich mit ihm reden wollte. Genauso wie du jetzt." Sie brach ab und drehte sich zum Fenster um. Verdammt!, fluchte sie, als sie fühlte, dass ihr Tränen über die Wangen liefen.

Rasch wischte sie diese mit den Händen fort.

Tobias wandte sich wieder zu ihr um und sagte mit hochrotem Gesicht und lauter Stimme: „Das ist unfair, denn ich bin nicht er." Er hielt inne und seufzte. Dann fügte er hinzu: „Ich habe dir gerade gesagt, dass wir morgen über alles reden werden." Hier legte er eine kurze Pause ein und sah sie genauer an. Als er ihre bebenden Schultern bemerkte, verrauschte seine Wut so schnell, wie sie gekommen war. Verdammt!, dachte er und schlug mit der Faust auf den Türrahmen. So kann ich sie nicht verlassen, entschied er und holte Luft. Danach setzte er neu an und stellte fest: „Was ist los mit dir? So kenne ich dich nicht! Du benimmst dich komisch heute, nur weil ich ausgehen möchte. Es ist doch nicht das erste Mal."

Er brach ab, als er sah, dass er immer noch auf ihren Rücken schaute.

Anne kämpfte mit ihren Gefühlen. Denn sie sah inzwischen nur noch rot. Deshalb antwortete sie leiser, als sie wollte: „Das stimmt!" Sie schwieg und wischte sich die Tränen von den Wangen. Dann atmete sie ein und aus und fuhr fort: „Ich habe dir bisher vertraut. Aber das tue ich nicht mehr, solange du es mir nicht erklärst." Sie hielt inne und sah ihn von der Seite aus an. Danach schloss sie mit den Worten: „Und wenn du jetzt gehst, brauchst du nicht wiederzukommen. Du musst dich entscheiden." Sie wandte sich ab und starrte aus dem Fenster.

„Das ist keine Wahl, sondern Erpressung!", meinte Tobias mit feuerrotem Gesicht und stampfte mit dem Fuß auf. Mist!, dachte er und schritt fünf Minuten lang im Zimmer auf und ab.

Als er merkte, dass er sich beruhigt hatte, blieb er stehen und fügte hinzu: „Doch ich habe nicht vor, dich wegen dieses Streits zu verlieren. Zumal alles ganz anders ist, als du denkst." Nach den Worten zog er sein Smartphone aus der Tasche und schrieb eine SMS.

Als Anne das hörte, drehte sich zu ihrem Freund um und starrte ihn an. Obwohl ihre Augen noch geschwollen waren und ihr Gesicht rot vom Weinen, wollte sie sehen, wie er sein Treffen absagte. Da es ihr sonst nicht möglich war, das zu glauben.

Doch während sie Tobias zusah, schweiften ihre Gedanken ab. Sie erinnerte sich daran, dass sie in einem anderen Raum stand. Auch das Schreiben war nicht dasselbe. Dieses hatte sie beim Aufräumen in einer Schublade gefunden und sie hatte den Brief gelesen. Er stammte von einer

Melanie Weber und der Inhalt richtete sich an Thomas ihren ersten Freund. Auf dem Umschlag stand seine alte Anschrift. Da sie die gemeinsame Wohnung vor einen Monat bezogen hatten. Als er abends nach Hause kam, stellte sie ihn zur Rede. Sie hielt inne und holte Luft. Dann erinnerte sie sich an ihre Wut, die sie nicht unterdrücken konnte. Als sie herausfand, dass er sie schon ein halbes Jahr betrog. Sie stöhnte, weil ihr wieder einfiel, dass sie sofort eine Entscheidung von ihm verlangt hatte. Sie brach ab und kämpfte mit sich. Danach dachte sie daran, dass er sie noch in derselben Nacht verlassen hatte.

Das war jetzt fünf Jahre her. Anne fiel ein, dass es ihr so vorgekommen war, als zöge Thomas ihr den Boden unter den Füßen weg. Verdammt!, fluchte sie, als sie sich erinnerte, wie lange sie brauchte, um diesen Schock zu verarbeiten. Zum Glück habe ich mit Sabine reden können, dachte sie und seufzte. Und auch das stundenlange Malen hat mir geholfen, das Leben wieder neu zu ordnen, entschied sie und sammelte sich.

Als Tobias fertig war, trat er zu seiner Freundin, nahm ihr den Brief aus der Hand und legte ihn auf den Tisch. „Hast du das Schreiben gelesen?", fragte er sie, als er die Jacke auszog und sich setzte.

Anne schüttelte die Erinnerung ab und antwortete dann: „Nein! Weil ich es erst heute Abend gefunden habe. Und gleich das Schlimmste angenommen habe." Sie hielt inne und atmete ein und aus. Danach gab sie sich einen Ruck und fügte hinzu: „Denn ich habe das schon einmal erlebt. Wie ich dir eben gesagt habe." Sie schwieg und sah ihn an. Nach einem Moment setzte sie neu an und ergänzte: „Ich habe mir damals geschworen, dass mir so etwas nicht mehr passiert." Als sie das sagte, stellte sie fest, dass ihre Stimme fester klang, was sie gut fand.

Erst jetzt kapierte Tobias, was geschehen war. Der Mistkerl!, dachte er, ballte die Hände zu Fäusten und löste sie wieder. Das darf nicht wahr sein, fluchte er und atmete ein und aus. Dann wandte er sich seiner Freundin zu und meinte: „Es tut mir leid, denn das habe ich nicht gewusst!" Er verstummte und betrachtete sie. Danach setzte er neu an und fügte hinzu: „Ich habe dich nicht daran erinnern wollen. Weil das sehr schwer für dich gewesen sein muss." Er brach ab und seufzte.

„Schon gut! Es ist nicht deine Schuld", stellte Anne klar und winkte mit der Hand ab. Dann holte sie Luft und fuhr fort: „Du hast das nicht wissen können. Denn ich habe das bisher niemanden erzählt." Sie hielt inne und kämpfte mit ihren Gefühlen. Danach gab sie sich einen Ruck und erklärte: „Du hast recht! Es war schwer und hat sehr wehgetan. Zumal es meine erste große Liebe war. Doch das ist vergangen, und zählt für mich nicht mehr." Sie verstummte und drehte den Kopf zur Seite. Nach einem Moment sah sie ihn an und meinte: „Es tut mir leid, dass ich dich angeschrien habe. Doch hierfür gibt es noch einen zweiten Grund."

„Ich hoffe, dass der nicht genauso schlimm ist", unterbrach Tobias sie, als er diese Worte hörte. Er verstummte, weil er sich, an was erinnerte. Ich bin froh, dass ich das Treffen abgesagt habe, entschied er und stöhnte. Dann riss er sich zusammen.

„Nein!", antwortete Anne und schüttelte den Kopf. Dann wandte sie sich ihm zu und stellte fest: „In dem Fall habe ich dir was Schönes zu sagen. Auch wenn ich mir das heute Morgen anders vorgestellt habe." Sie schwieg und lächelte ihn an.

Rasch wandte sich Tobias zu ihr um und erwiderte das Lächeln. Danach fragte er: „Was ist es? Ich bin ganz Ohr!" Er sah sie an.

Anne stockte und holte Luft. Dann erklärte sie: „Seit heute Morgen weiß ich, dass wir ein Kind erwarten. Das ist noch nicht ärztlich bestätigt. Doch der Test war positiv." Sie hielt inne und schaute ihren Freund an. Nach einem Moment schloss sie mit den Worten:„Ich hoffe, dass du dich genauso darüber freust wie ich."

Als Tobias das hörte, drehte er sich zur Seite und schwieg ziemlich lange.

Verdammt! Das habe ich nicht erwartet, dachte Anne und stöhnte. Habe ich hier das nächste Problem, fragte sie sich, während sie ihren Freund anstarrte.

Nach einer Weile wandte sich Tobias zu ihr um und meinte: „Entschuldige bitte! Das ist die zweite schöne Überraschung innerhalb von zwei Tagen." Er erhob sich, schritt zu ihr und umarmte sie. Dabei flüsterte er ihr ins Ohr: „Ich freue mich darüber. Denn ich wünsche mir Kinder." Er richtete sich auf und strahlte sie an. Dann setzte er neu an und fragte: „Wann lässt du es bestätigen?"

Diese Worte rissen Anne aus ihren Gedanken. Rasch sammelte sie sich und antwortete: „Ich habe morgen einen Termin bei der Frauenärztin." Sie schwieg und sah ihn an. Dann fuhr sie fort: „Da habe ich direkt angerufen, als ich das Ergebnis hatte." Sie brach ab.

„Das ist gut!", meinte Tobias und umarmte sie. „Ich hoffe, dass wir eine glückliche Familie sein werden", schloss er, richtete sich auf und lächelte sie an.

Anne erwiderte sein Lächeln. Dann stockte sie, als ihr was auffiel. Nach einem Moment wollte sie wissen: „Was war die zweite Überraschung?"

Mist! Jetzt gibt es kein Zurück mehr, dachte Tobias, als er sich an den Brief erinnerte. Er beugte sich nach vorne und nahm das Schreiben vom Tisch. Dann schaute er sie an und antwortete: „Der hier!" Als er das sagte, wedelte er mit dem Umschlag und verstummte.

Anne unterbrach die Stille nicht, sondern sah ihn nur fragend an.

Als Tobias ihren Blick bemerkte, seufzte er. Danach riss er sich zusammen und meinte: „Es tut mir leid!

Ich hätte gestern mit dir über diesen Brief sprechen müssen." Er brach ab und atmete ein und aus. Dann wandte er sich ihr zu und gab zu: „Doch das habe ich nicht gekonnt. Weil er mich aufgewühlt hat." Er hielt inne und kämpfte mit seinen Gefühlen. Dann schloss er mit den Worten: „ Auch jetzt fällt es mir schwer." Er drehte den Kopf zur Seite und starrte aus dem Fenster.

Anne schwieg und dachte nach. Will ich noch wissen, um was es sich handelt, fragte sie sich und sah ihren Freund an. Nur wenn er es mir erzählen möchte, entschied sie und holte Luft.

Tobias drehte sich zu ihr um und räusperte sich. Dann meinte er: „Es ist das erste Mal, dass ich darüber mit jemanden spreche."

In Ordnung! Das beantwortet die Frage, sagte Anne zu sich und sammelte sich. Danach sah sie ihren Freund an und wollte wissen: „Warum hast du so lange geschwiegen?"

„Weil ich so etwas Privates nicht jedem sage",antwortete Tobias und sah sie an. Dann fuhr er fort: „Genauso wenig wie du deins jemanden erzählt hast." Er hielt inne und winkte mit der Hand ab. Nach einem Moment fügte er hinzu: „Doch dir vertraue ich." Er verstummte und zwinkerte ihr zu. Danach gab er sich einen Ruck und schloss mit den Worten: „Und ich finde, dass du von mir eine Erklärung verdient hast. Sieh es als Wiedergutmachung an."

„Du musst nichts wieder gut machen! Denn du hast mir schon bewiesen, dass du nicht wie mein Exfreund bist", meinte Anne und sah ihn an. „Und darüber bin ich sehr froh",stellte sie fest und legte ihn die Hand auf den Arm.

„Ich danke dir!", sagte Tobias und lächelte sie an. Dann löste er sich von ihr und schritt zum Fenster. Wahrend er nach draußen starrte, erzählte er: „Es passierte als ich drei Jahre alt war. Ich hatte zusammen mit meiner Schwester im Garten gespielt. Nicole rannte ins Haus, weil sie ein Spielzeug holen wollte. Ich weiß nicht mehr, was es war." Er hielt inne und zuckte mit den Schultern. Dann fuhr er fort: „Im Gebäude haben sich auch meine Eltern aufgehalten. Ich sah Mama am geschlossenen Fenster stehen. Sie rief meinen Vater etwas zu, was ich nicht verstehen konnte." Er brach ab und stöhnte, als er sich erinnerte. Danach setzte er neu an und fügte hinzu: „Das Nächste, was ich gehört habe, war ein Knall. Dieser war so laut, dass ich mich instinktiv hinter einen Busch duckte und wartete. Als ich nach einem Moment wieder in Richtung des Hauses schaute, sah ich eine riesige Stichflamme, die das Dachgeschoss in Brand setzte." Er verstummte und atmete eine und aus. Dann gab er sich einen Ruck und fuhr fort: „Da ich unter Schock gestanden habe, bin ich nicht in der Lage gewesen vernünftig zu reagieren. So habe ich mich hinter einem Busch versteckt und abgewartet."

Das klingt schrecklich, dachte Anne und sah auf seinen Rücken. Dann riss sie sich zusammen und holte Luft.

Als Tobias ihren Blick spürte, wandte er sich zu ihr um Und meinte: „Kurze Zeit später habe ich die Sirenen der Feuerwehr gehört. Diese muss eine Nachbarin angerufen haben. Auch wenn ich bis heute nicht weiß welche." Er hielt inne und zuckte mit den Schultern. Das ist jetzt egal, mahnte er sich und atmete ein und aus. Dann sammelte er sich und fuhr fort: „Einer der Feuerwehrmänner hat mich zehn Minuten später gefunden. Ich war völlig verstört und habe geweint. Weil ich mir sicher war, dass ich alles verloren hatte. Da ich weder meine Schwester noch die Eltern wiedergesehen habe." Er brach ab und kämpfte mit seinen Gefühlen. Nach einem Moment setzte er neu an und schloss mit den Worten: „Da ich keine Verwandten habe, hat man mich sofort in eine Pflegefamilie gebracht. Diese hat mich später adoptiert." Er drehte sich um und sah aus dem Fenster.

„Jetzt verstehe ich, warum du nicht darüber gesprochen hast", sagte Anne und gesellte sich zu ihrem Freund. Dann schaute sie ihn von der Seite aus an und fuhr fort: „Es tut mir leid, dass du zusehen musstest, wie die eigene Familie verbrannt ist." Sie stockte und gab danach zu: „Ich habe schon, als du es erzählt hast Gänsehaut bekommen." Sie hielt inne und streichelte seinen Arm. Dann gab sie sich einen Ruck und fügte hinzu: „Ich kann nicht mal ansatzweise nachempfinden, was du gefühlt haben musst. Auch wenn es lange her ist, vergisst man das Geschehene sicher nicht."

Tobias riss sich von Anne los und sah weiterhin aus dem Fenster. Dann drehte er sich zu ihr um, schaute sie an und sagte: „Danke für dein Mitgefühl!" Er schwieg und atmete ein und aus. Danach gab er sich einen Ruck und erklärte: „Du hast recht mit dem, was du gesagt hast. Obwohl ich bis gestern nicht mehr daran gedacht habe. Was auch gut war, denn sonst wäre es, für mich nicht möglich gewesen weiterzuleben." Er verstummte und schaute zum Schreiben, das auf dem Couchtisch lag. Dann fuhr er fort: „Doch seit dieser Brief angekommen ist, habe ich erneut die Bilder im Kopf. Genauso wie damals! Als ich nächtelang nicht schlafen konnte, weil ich Albträume gehabt habe. Auch tagsüber bin ich kaum ansprechbar gewesen, da ich viel geweint habe. Doch meine Pflegefamilie hat mir durch diese schwere Zeit geholfen, was lange gedauert hat. Wofür ich ihr heute noch dankbar bin." Er brach ab.

Verdammt!,dachte Anne, ballte die Hände zu Fäusten und löste sie wieder. Das ist viel schlimmer, als ich angenommen habe, sagte sie zu sich und stöhnte. Dann holte sie Luft, sah sie ihren Freund von der Seite aus an und stellte fest: „Ich finde es schön, dass du in dieser Zeit jemanden gehabt hast, der sich um dich gekümmert hat. Doch ich verstehe nicht, was das mit dem Brief zu tun hat." Sie schwieg und seufzte. Weil sie merkte, wie sehr sie der Bericht mitgenommen hatte.

Es vergingen zwei Minuten, in denen Tobias aus dem Fenster sah. Dann atmete er ein und aus drehte sich zu ihr um und meinte: „Dieses Schreiben ist wie ein kleines Wunder für mich. Da man aus dem brennenden Haus noch jemanden lebend gerettet hat. Was ich nicht für möglich gehalten habe.“ Er verstummte und wischte sich mit der Hand über das Gesicht. Danach fuhr er fort: „In diesem Fall handelt es sich um meine Schwester Nicole. Von der auch der Brief stammt.“

Das ist schön, dachte sie und stockte. Mist!, fluchte sie, als sie sich an was erinnerte. Ich habe gedacht, dass er mich betrügt, schloss sie und schämte sich.

Tobias räusperte sich und erzählte weiter: „Nicole ist drei Jahre älter als ich.

Sie hat mir geschrieben, dass sie überlebt hat, weil sie in ihrem Zimmer war. Du musst wissen, dass dieser Raum auf der gegenüberliegenden Seite des Hauses gelegen hat." Er hielt inne und holte Luft. Danach fuhr er fort: „Nachdem die Feuerwehr meine Schwester gerettet hatte, ist sie in einem Krankenhaus behandelt worden. Doch anders als ich hat sie nicht nur einen Schock gehabt. Sondern sie hat den Rauch eingeatmet und ihr ist übel gewesen." Er schwieg und stöhnte. Dann riss er sich zusammen und fügte hinzu: „Nach ihrer Entlassung ist Nicole in eine Pflegefamilie gekommen. Da sie elternlos war, hat diese sie später adoptiert." Er verstummte und seufzte, als im was auffiel. Danach meinte er: „Ich finde es merkwürdig, dass wir beiden in dem Punkt das Gleiche erlebt haben." Er schüttelte den Kopf und holte

Luft. Dann setzte er neu an und schloss er mit den Worten: „In all den Jahren hat mich meine Schwester nicht vergessen, weil sie gewusst hat, dass ich lebe. Und kurz nach ihrem achtzehnten Geburtstag hat sie alles in Bewegung gesetzt, um mich zu finden. Was bis jetzt gedauert hat." Er wandte sich zu ihr um und schaute seine Freundin an.

Als Anne seinen Blick spürte, sammelte sie sich rasch. Danach drehte sie sich zu ihm um und sagte: „Was Nicole passiert ist, tut mir leid. Doch dass sie dich gesucht hat, gefällt mir." Sie verstummte und betrachtete sein Gesicht. Als sie sah, wie ernst er schaute, stellte sie fest: „Du scheinst dich nicht über das zu freuen, was geschehen ist." Sie brach ab.

„Das stimmt so nicht!", widersprach Tobias und lächelte sie an. Dann fügte er hinzu: „Ich freue mich darüber, dass es meiner Schwester gut geht. Und dass sie jemanden gefunden hat, mit dem sie ihr Leben teilen möchte. Denn sie hat vor Kurzen geheiratet." Er hielt inne und atmete ein und aus. Danach wandte er sich zu ihr um und sagte: „Ich weiß dass, weil sie mir Fotos von der Hochzeit mitgeschickt hat."

„Okay!", meinte Anne und strahlte ihn an. Dann setzte sie neu an Und fuhr fort: „Das ist doch schön! Ich freue mich für dich und für Nicole." Sie brach ab, als ihr was einfiel. Nach einem Moment gab sie sich einen Ruck und fragte: „Hast du vor, dich mit deiner Schwester zu treffen?" Sie sah ihren Freund an.

Tobias zögerte und überlegte. Dann antwortete er: „Ich weiß es noch nicht!" Denn es sind so viele Jahre vergangen, seit wir uns das letzte Mal gesehen haben. Er schwieg und zuckte mit den Schultern. Danach fügte er hinzu: „Ich denke, dass ich ihr zumindest schreiben werde. Wenn sie von ihrer Hochzeitsreise zurück ist." Er verstummte und seufzte.

„Okay! Das finde ich einen guten Anfang, aus dem sich hoffentlich eines Tages mehr ergibt!", sagte Anne und holte Luft. Dann gab sie sich einen Ruck und meinte: „Ich bin mir sicher, dass sie sich sehr über die Post von dir freuen wird. Zumal sie sich so viel Mühe gegeben hat, dich aufzuspüren."

„Da ich Nicole nicht einschätzen kann, hoffe ich, dass du recht hast." Er schritt eine Weile im Zimmer auf und ab und seufzte. Dann blieb er stehen und gab zu: „Auch wenn ich sie lange nicht gesehen habe, habe ich nur eine Schwester."

„In dem Fall finde ich es noch wichtiger, mit ihr in Kontakt zu bleiben", unterbrach Anne ihren Freund und sah ihn an.

Tobias zögerte und atmete ein und aus. Dann drehte er sich zu ihr um und meinte: „Weil wir beide seit Jahren unser eigenes Leben führen, hoffe ich, dass es das Richtige ist." Er hielt inne und stöhnte. Danach setzte er neu an und sagte: „Ein Kontakt zu Nicole wäre schön. Doch ich bin auch jetzt schon glücklich mit meinem Dasein." Er stockte, als er sich, an was erinnerte. Dann sah er sie an und stellte fest: „Das bin ich aber nur mit dir." Er verstummte und lächelte sie an. Danach wurde er ernst und schloss er mit den Worten: „Falls du mich noch möchtest."

Mist!, fluchte sie, ballte die Hände zu Fäusten und löste sie wieder. Was ist los mit mir, ärgerte sie sich über sich selbst, als sie sich an ihren Streit erinnerte. Egal! Das ist vorbei, mahnte sie sich, zuckte mit den Schultern und seufzte. Dann sah sie ihn an und antwortete: „Ich habe nie jemand anderen gewollt. Denn ich liebe dich." Sie strahlte ihn an.

Als Tobias das bemerkte, erwiderte er ihr Lächeln. Danach durchquerte er mit vier Schritten den Raum, beugte sich zu ihr und küsste sie.

Anne legte ihm die Arme um den Hals und knutschte ihn ebenfalls. Nach einem Augenblick holte sie Luft und flüsterte ihm zu: „Ich bin mir sicher, dass du ein guter Vater sein wirst." Bevor er darauf reagieren konnte, verschloss sie seinen Mund mit einem Kuss.

Heike Doeve

Die teure Rechnung - ein Rätsel für Lena

Eine Kurzgeschichte

Worum geht es?

Lena ist am Boden zerstört, als sie beim Aufräumen von Dokumenten eine teure Restaurant-Rechnung findet. Hat ihr Freund sie betrogen? Die Gedanken kreisen in ihrem Kopf, da sie diese Lage schon einmal erlebt hat. Weil für sie viel auf dem Spiel steht, denn sie ist schwanger, beschließt sie, der Sache auf den Grund zu gehen. Als sie keine weiteren Hinweise entdeckt, redet sie mit ihrem Kumpel. Kann sie ihm vertrauen oder nicht? Wie erklärt er ihr die Quittung?

Die teure Rechnung - ein Rätsel für Lena

War das heute ein anstrengender Tag, dachte Lena, als sie vom Frühdienst aus dem Krankenhaus nach Hause kam. Jetzt noch das Kochen und dann kommt Marco heim, schloss sie, während sie die Jacke an die Garderobe hängte. Danach blieb sie stehen, legte die Hände auf den Bauch und lächelte. Ich freue mich darauf, ihn zu sagen, dass ich schwanger bin, sagte sie zu sich, brach ab und atmete ein und aus. Dann schnappte sie sich die Briefe, die sie auf den Flurschrank abgelegt hatte, und schritt ins Wohnzimmer.

Als sie dort ankam, schaute sie auf die Wanduhr. Okay!, meinte sie zu sich und zuckte mit den Schultern. Das ist eine rasche Heimfahrt gewesen, dachte sie, als sie feststellte, dass es erst halb vier war. Als sie sich abwandte, erinnerte sie sich an die heutige Post in ihrer Hand. Da ich noch etwas Zeit habe, hefte ich eben die Versicherungsunterlagen ab, fuhr sie fort und seufzte. Danach muss ich in die Küche, weil ich es sonst nicht schaffe, mahnte sie sich, drehte sich um und verschwand im Büro.

Fix sortierte sie die Dokumente in die Ordner. Als sie fertig war, schaute sie zum Schreibtisch hinüber. Da liegt ja auch noch was, stellte sie fest, als sie ein paar Papiere entdeckte. Warum ist das nicht abgeheftet, wunderte sie sich und stöhnte. Egal! Dann erledige ich es jetzt, entschied sie und setzte sich auf den Schreibtischstuhl. Was ist denn das noch alles, fragte sie sich und griff nach dem Stapel. Danach sah sie die Briefe rasch durch und hefte die Rechnungen ab.

Als sie bei der Letzten ankam, stockte sie. Weil es sich bei dieser um eine teuere Restaurant-Quittung handelte. Sie sah ein zweites Mal hin und stellte fest, dass sie das Lokal nicht kannte. Warum hat Marco mir nichts davon gesagt, fragte sie sich und seufzte. Oder habe ich es vergessen, meinte sie zu sich, schaute rasch auf das Datum und stöhnte. Nein!, dachte sie und schüttelte den Kopf, als sie feststellte, dass es zwei Tage her war. Das habe ich nicht, sagte sie zu sich, weil sie sich erinnerte, wo sie gewesen war. Denn ich habe den Abend mit Susi verbracht, schloss sie und starrte auf die Rechnung, bis die Zahlen vor ihren Augen verschwammen. Was ist mit mir los, fragte sie sich und wischte sich mit der Hand die Tränen von den Wangen. Danach schaute sie auf den Zettel und dachte nach. Dass ich unterwegs war, ist kein Grund, warum es Marco mir bis jetzt nicht erzählt hat, schimpfte sie, ballte die Pranken zu Fäusten und löste sie wieder. Ich beruhige mich erst einmal, entschied sie und atmete ein und aus. Denn Aufregung ist nicht gut für das Kind, mahnte sie sich und blickte aus dem Fenster.

Nach einer Weile drehte sie sich zum Schreibtisch um und sah sich die Rechnung genauer an. Dabei stellte sie fest, dass es sich um teure Speisen und Getränke wie Hummer und Sekt gehandelt hatte. Verdammt!, fluchte sie und hielt inne, als bei ihr ein Verdacht aufblitzte. Kann es sein, dass mein Freund mich betrügt, fragte sie sich und stöhnte. Dann schwieg sie und dachte einen Augenblick darüber nach. Bisher habe ich keine anderen Anzeichen dafür, fuhr sie fort und holte Luft. Mist!, fluchte sie, als ihr was einfiel. So wie damals bei Andreas, meinte sie zu sich und seufzte, als sie sich daran erinnerte. Das ist vorbei, weil ich mich sofort von ihm getrennt habe, mahnte sie sich und riss sich rasch zusammen. Danach atmete sie ein und aus und wandte sich der Quittung zu. Ich hoffe, dass es eine bessere Erklärung gibt, schloss sie und sah auf die Armbanduhr. Denn das möchte ich nicht noch einmal erleben, entschied sie, erhob sich, stellte die Ordner in den Schrank, schnappte sich die Rechnung vom Schreibtisch und verließ den Raum.

Es war eine Stunde später. Lena goss gerade die Kartoffeln ab, als sie hörte, wie die Haustür geöffnet wurde.

„Hallo Schatz!", rief Marco vom Flur aus, zog seine Jacke aus und hängte sie an die Garderobe. Dann schnupperte er und betrat die Küche. „Das riecht gut hier", stellte er fest und sah sie an.

„Schön, dass du da bist!", erwiderte Lena und sah ihn von der Seite aus an. Danach brach sie ab und atmete ein und aus. Soll ich den Fund sofort ansprechen, fragte sie sich und seufzte. Nein!, entschied sie und schüttelte den Kopf. Weil ich mir sonst das Essen verderbe, schloss sie und sammelte sich rasch. Dann wandte sie sich zu ihrem Freund um und, fügte sie hinzu:„Setz dich ruhig schon hin." Sie deutete zum Küchentisch und fuhr fort: „Denn ich bin fertig."

„Okay!", sagte Marco und schritt zum Tisch. Dort schenkte er Wasser in die Gläser und setzte sich auf einen der vier Stühle.

Lena drehte sich zur Anrichte um und verteilte Kartoffeln und Fisch auf den Tellern. Als sie fertig war, servierte sie die Mahlzeit. Dann holte sie die Schüssel mit dem Salat und stellte sie auf den Tisch. Danach prüfte sie ein letztes Mal, ob sie etwas vergessen hatte, und nahm ihren Freund gegenüber Platz.

Erst als Marco gegessen hatte, fragte er: „Was ist los?" Er verstummte und sah seine Freundin an. Dann setzte er neu an und sagte: „So schweigsam habe ich dich lange nicht erlebt." Er hielt inne und dachte nach. Als er sich erinnerte, stöhnte er. Verdammt!, fluchte er und atmete ein und aus. Danach wandte er sich ihr zu und meinte: „Das war zuletzt, als ich mich mit dir gestritten habe." Er brach ab und seufzte. dann gab er sich einen Ruck und wollte wissen: „Bist du wütend?"

Lena stockte und rief sich den Vorfall ins Gedächtnis. Da hast du recht, sagte sie zu sich und stöhnte. Danach drehte sie den Kopf zur Seite und sah sich um. Mist! Die habe ich fast wieder vergessen, dachte sie, als ihr Blick auf die Quittung fiel, die sie auf die Anrichte gelegt hatte. Ich hoffe, dass die Rechnung kein Grund ist, erneut sauer auf dich zu sein, schloss sie und riss sich rasch zusammen. Verdammt!, fluchte sie, als ihr klar wurde, was sie fühlte. Nach einem Moment atmete sie ein und aus. Dann sah sie ihren Freund an und antwortete: „Ja! Ich bin wütend, aber auch verwirrt."

„Okay!", meinte Marco und wandte sich ihr zu. Das klingt nicht gut, entschied er und sah sie an. Danach räusperte er sich und fuhr fort: „Was ist passiert? Kann ich dir helfen?" Er hielt inne und seufzte, als er bemerkte, dass ihr Gesicht blass war.

„Ja!", fauchte Lena und brach ab, weil sie merkte, dass sie vor Wut schäumte. Es ändert nichts, wenn ich ihn anschreie, mahnte sie sich, ballte die Hände zu Fäusten und löste sie wieder. Als sie spürte, dass sie sich beruhigte, erklärte sie: „Ich habe heute den Schreibtisch aufgeräumt." Sie verstummte, erhob sich und holte die Quittung von der Anrichte. Dann drehte sie sich zu ihm um und fuhr fort: „Nachdem ich die Dokumente weggeheftet hatte, habe ich diese teure Restaurant-Rechnung gefunden." Sie stockte und atmete ein und aus. Danach sah ihren Freund an und wedelte damit vor seinem Gesicht herum. Nach einem Moment setzte sie neu an und fragte: „Hast du mir dazu was zu sagen?" Sie brach ab und nahm auf ihrem Stuhl Platz.

Marco starrte auf die Quittung in ihrer Hand. Verdammt! Das ist nicht gut, dachte er und wandte sich ihr zu. Doch bevor er ein Wort sprechen konnte, hörte er, dass sein Smartphone klingelte. „Entschuldige mich bitte kurz!", meinte er und schaute sie von der Seite aus an. Danach erhob er vom Stuhl, fischte das Mobilgerät aus der Hosentasche und verließ den Raum.

Mist!, schimpfte Lena und sah ihrem Freund nach. Das darf doch nicht wahr sein, dachte sie und stöhnte. Habe ich mich da geirrt, fragte sie sich und legte die Quittung auf den Tisch. Das muss ich heute noch klären, entschied sie und holte Luft. Dann wandte sie sich ab und starrte aus dem Fenster.

Marco kehrte ein paar Minuten später zu seiner Freundin zurück und blieb mitten im Raum stehen. Danach schaute er sie an und sagte: „Ich gehe heute

Abend aus!" Nach diesen Worten drehte er sich zur Tür um.

Als Lena diesen Satz hörte, sah sie rot. Rasch wandte sie sich ihren Freund zu und schrie ihn an: „Dann geh doch zu deiner Neuen." Sie verstummte und kämpfte mit ihren Gefühlen. Als sie spürte, dass sie innerlich eiskalt war, gab sie sich einen Ruck und sagte: „Aber wenn du jetzt verschwidest, brauchst du nicht mehr wiederkommen." Sie brach ab und schnaubte. Danach ballte die Hände zu Fäusten und öffnete sie wieder. Das tat gut, stellte sie fest und drehte ihm ihr Hinterteil zu.

Verdammt!, dachte Marco und blieb stehen. Die ist ja fuchsteufelswild, sagte er zu sich und wandte sich zu ihr um. Was ist denn da los, fragte er sich, starrte sie an und überlegte. Als er kapiert hatte, was der Grund dafür war, seufzte er. Wie habe ich das vergessen können, wollte er von sich wissen. Dann sammelte er sich und meinte: „Es tut mir leid, dass ich dich an deine schlimmste Zeit erinnert habe." Er hielt inne, weil er merkte, dass seine Freundin ihn immer noch den Rücken zudrehte. Er holte Luft und setzte neu an: „Das war nicht meine Absicht!" Er schwieg und zuckte mit den Schultern.

„Okay!", meinte Lena, als sie spürte, dass sie sich beruhigt hatte.„Ich glaube es dir", stellte sie fest und wandte sich zu ihm um. Danach räusperte sie sich und fragte: „Was soll ich denn sonst denken? Du redest ja nicht mit mir darüber." Sie schwieg, griff nach der Quittung und wedelte damit. Als sie merkte, dass er begriffen hatte, wovon sie redete, legte sie diese auf den Tisch zurück. Sie sah auf die Rechnung und atmete ein und aus. Dann schaute sie ihm an und fuhr fort: „Ich verstehe nicht, dass du verschwinden willst, anstatt mich aufzuklären!" Bei diesen Worten deutete sie zur Tür. Verdammt!, schimpfte sie und wandte sich ab, weil sie fühlte, dass ihre Stimme zitterte.

Mist!, dachte Marco, als er hörte, dass sie weinte. Er schritt im Zimmer auf und ab. Was mache ich denn nun, fragte er sich und seufzte. Nach einer Weile hielt er an und und schaute sie von der Seite aus an. Das kann ich so nicht stehen lassen, entschied er und sammelte sich rasch. Dann drehte er sich zu ihr um und sagte: „Okay! Du hast gewonnen." Er verstummte und atmete ein und aus. Danach gab er sich einen Ruck und fuhr fort: „Ich sage das Treffen mit Lars ab. Denn dies hier ist wichtiger als ein Kinoabend." Nach diesen Worten zog er sein Smartphone aus der Hosentasche und telefonierte mit seinem Freund.

Das habe ich nicht erwartet, dachte Lena und wischte sich mit der Hand die Tränen von den Wangen. Dann stockte sie, als ihr was auffiel. Will er mich nur in Sicherheit wiegen, fragte sie sich. Ich hoffe es nicht, fügte sie hinzu und wandte sich zu ihrem Freund um. Vielleicht wird ja doch noch alles gut, schloss sie, als sie beobachtete, wie er den Hörer auflegte. Sie atmete ein und aus und meinte: „Danke! Das du das genauso siehst wie ich." Sie hielt inne und sah ihn an. Danach hob sie die Rechnung vom Tisch, wendelte damit vor seinem Gesicht herum und forderte: „Und jetzt möchte ich wissen, was es hiermit auf sich hat."

„Ich verspreche dir, dass ich alles erklären werde", sagte er und steckte sein Mobiltelefon in die Hosentasche. Als er fertig war, schaute er sich im Raum um. Dann drehte er sich zu ihr um und schlug vor: „Was hältst du davon, wenn wir vorher gemeinsam aufräumen?“ Er schwieg und deutete in die Richtung des Herdes. Anschließend fuhr er fort: „Und uns danach ins Wohnzimmer setzen?“ Er verstummte und schaute sie an.

Was ist denn das für ein Ablenkungsversuch, fragte sie sich und seufzte. Dann sah sie sich im Raum um. Okay!, meinte sie zu sich, als sie die Töpfe und das dreckige Geschirr erblickte. Er hat ja recht! Hier ist es nicht gemütlich, schloss sie und atmete ein und aus. Danach wandte sie sich ihm zu und antwortete: „In Ordnung!“ Nach diesen Worten erhob sie sich und schritt zum Herd.

Es war fünfzehn Minuten später. Als Lena sich auf das Sofa im Wohnzimmer setzte, meinte sie: „So jetzt möchte ich aber die Wahrheit hören.“ Sie sah ihn an und wedelte mit der Rechnung, die sie mitgenommen hatte und noch in der Hand hielt. „Was hat es damit auf sich", fragte sie, während sie die Quittung auf den Couchtisch legte. Dann schaute sie auf und wandte sich ihm zu.

„In Ordnung!", sagte Marco und nahm ihr gegenüber in einem der zwei Sessel Platz. Danach fuhr er fort: „Ich verrate es dir! Auch wenn ich noch nicht weiß, ob ich den Posten überhaupt annehme." Er brach ab und zuckte mit den Schultern. Dann wandte er sich ihr zu und meinte: „Das ist der Grund, warum ich es dir bisher nicht erzählt habe."

„Moment mal!", unterbrach ihn Lena und seufzte. Danach räusperte sie sich und gab zu: „Ich verstehe immer noch nicht, worum es sich handelt." Sie schwieg und schüttelte den Kopf. Dann gab sie sich einen Ruck und setzte neu an: „Aber ich weiß, dass wir offen zueinander sein sollten. Denn sonst kann ich dir nicht vertrauen." Sie verstummte und sah ihn an. Danach holte sie Luft und fuhr fort: „Was ich wichtig finde, wenn das mit uns funktionieren soll." Sie schwieg und zuckte mit den Schultern. Dann zögerte sie, als ihr was einfiel. Einen Versuch ist es wert, entschied sie und sammelte sich rasch. Danach wandte sie sich ihm zu und meinte: „Vielleicht kann ich dir ja helfen." Sie brach ab und lächelte ihn an.

„Okay! Da hast du recht!", stimmte Marco zu und erwiderte ihr Strahlen. Dann wurde er ernst und sagte: „Danke! Dass du dich bereit erklärt hast, mir beizuspringen. Ich finde das lieb von dir!" Er hielt inne und sah sie an. Danach fügte er hinzu: „Doch ich bezweifle, dass du in diesem Fall das kannst." Er schwieg und schaute aus dem Fenster. Nach einem Moment setzte er neu an und berichtete: „Bei dem Essen im Restaurant hat es sich um ein Arbeitsessen mit meinem Chef gehandelt. Der mir im Verlauf des Abends die Stelle des Abteilungsleiters angeboten hat." Er hielt inne und holte Luft. Dann seufzte er und stellte fest: „Ich bin mir nicht sicher, ob das der richtige Schritt ist." Er brach ab, sah ihr direkt in die Augen und fragte: „Was meinst du dazu?"

„Ich kann es dir nicht sagen", stotterte Lena und zuckte mit den Schultern. Nach einem Moment räusperte sie sich und fuhr fort: „Weil ich finde, dass es deine Entscheidung sein sollte." Sie stockte und holte Luft. Dann setzte sie neu an und meinte: „Denn du musst dich damit wohlfühlen und der Arbeit gewachsen sein. Wenn das zutrifft, nimm es an." Sie verstummte und lächelte ihn an. Danach schloss sie mit den Worten: „Aber ich gratuliere dir zum Angebot!" Sie brach ab und stöhnte. Verdammt!, dachte sie, als sie sich, daran erinnerte, dass sie schwanger war. Wie habe ich das vergessen können, fragte sie sich und schüttelte den Kopf. Rasch sammelte sie sich und wollte wissen: „Wärst du weniger zu Hause, falls du die Stelle antrittst?" Sie schwieg und sah ihn an.

„Ja!", antwortete Marco und nickte. Nach einem Moment fügte er hinzu: „Ich würde etwas mehr arbeiten müssen, wenn ich den Posten annehme." Er verstummte und zuckte mit den Schultern. Dann drehte er sich zu ihr um und fragte: „Warum willst du das wissen?" Er zögerte, als ihm auffiel, was das für ihre Beziehung bedeuten würde. Verdammt!, dachte er und holte Luft. Was ist heute los mit mir, fluchte er, ballte die Hände zu Fäusten und löste sie wieder. Daran habe ich noch gar nicht gedacht, meinte er zu sich und seufzte. Danach schaute er seine Freundin von der Seite aus an. Sie hat es mir zwar freigestellt, fuhr er fort und zögerte. Doch in diesem Punkt brauche ich ihre Zustimmung, entschied er und riss sich zusammen. Dann wandte er sich zu ihr um und schloss mit den Worten: „Wäre das ein Problem?"

„Ja!", antwortete Lena und stockte. Ich werde es ihm jetzt erzählen, dass ich schwanger bin, mahnte sie sich und atmete ein und aus. Danach sammelte sie sich, drehte sie sich zu ihm um und meinte: „Weil es hier um mehr geht, als du weißt." Sie schwieg und sah ihren Freund an. Dann gab sie sich einen Ruck und erklärte: „Denn ich habe dir noch nicht gesagt, dass wir bald zu dritt sein werden." Sie verstummte und legte sie die Hände auf ihren Bauch.

„Okay!", meinte Marco und wandte sich zu ihr um. Als er die Geste bemerkte, brach er ab, weil er jetzt erst kapierte, was das bedeutete. Das ändert alles, dachte er und riss sich rasch zusammen. Dann räusperte er sich und fuhr fort: „In diesem Fall fällt mir die Entscheidung leicht! Denn ich werde das Angebot ablehnen." Er hielt inne und lächelte sie an. Danach schritt auf sie zu und legte seine Hände auf ihre. Nach einem Moment beugte er sich vor, küsste ihren Bauch und gab sie frei.

Lena beobachtete, wie er sich zu seiner vollen Größe aufrichtete. Das geht mir zu rasant, dachte sie und stöhnte. Als sie bemerkte, dass er immer noch vor ihr stand, wandte sie sich ihm zu. Dann holte sie Luft und wollte wissen: „Bist du dir sicher?" Sie hielt inne und drehte den Kopf zur Seite. Danach setzte sie neu an und fuhr fort:

„Ich denke, wenn du das Angebot ablehnst, kommt eine solche Chance so rasch nicht wieder." Sie brach ab und schaute ihn offen an.

„Ja! Bin ich!", entgegnete Marco und hielt inne. Dann atmete er ein und aus und fügte hinzu: „Ich brauche da noch nicht mal mehr drüber nachdenken." Er schwieg und lächelte sie an. Danach gab er sich einen Ruck und meinte: „Denn unser Kind ist mir wichtiger als die Arbeit." Als er das gesagt hatte, setzte er sich zu ihr auf das Sofa und umarmte sie.

„Okay!", murmelte Lena an seiner Schulter, löste sich sanft und erwiderte sein Lächeln. Dann atmete sie ein und aus und fuhr fort: „Ich finde es schön, dass du das genauso siehst wie ich." Sie schwieg und schaute ihn an. Verdammt!, dachte sie, als sie die Schmetterlinge in ihrem Bauch spürte. Ich kann nicht

anders, entschied sie. Danach beugte
sie sich zu ihm und küsste ihn.

Omas Rezept – eine süße Erinnerung

Heike Doeve

Eine Kurzgeschichte

Worum geht es?

Lea ist am Boden zerstört, als ihre geliebte Oma stirbt. Um sich abzulenken beschließt sie, dass es Zeit ist, gemeinsam mit ihren Freundinnen, ihre Terrasse einzuweihen. Als sie ein Kuchenrezept sucht, findet sie ein Rezept für einen Erdbeerkuchen, den ihre Großmutter immer gebacken hat. Rasch entscheidet sie sich für diesen. Hilft der Kuchen Lea, ihre Trauer zu überwinden? Oder reißest er alte Wunden auf?

Omas Rezept – eine süße Erinnerung

Es war ein milder Maitag. Lea saß im Wohnzimmer und sah aus dem Fenster auf ihre neu gebaute Terrasse. Die hatte sie in den letzten drei Monaten eigenhändig umgestaltet. Sie fand, dass sich die viele Arbeit gelohnt hatte. Da sie jetzt ganz anders aussah als vorher. Und Lea war stotz darauf. Als sie diese betrachtete, kam ihr eine Idee.

Am Wochenende ist gutes Wetter angesagt, dachte Lea, als sie nach draußen starrte. Wie wäre es, wenn ich sie am Sonntag mit einem Kaffeetrinken einweihe, meinte sie zu sich. Sie brach ab, als sie spürte, dass ihr die Tränen über die Wangen liefen. Verdammt!, fluchte sie und seufzte. Nicht schon wieder!, sagte sie zu sich und wischte mit den Händen das Wasser fort. So geht das nicht weiter, mahnte sie sich und atmete ein und aus. Ich brauche jemanden, der mich ablenkt. Weil ich sonst den ganzen Tag um meine Oma traure, entschied sie und stöhnte. Dann schaute sie nach draußen. Moment mal!, dachte sie, als ihr was auffiel. Ich habe Tina und Sabine länger nicht gesehen, stellte sie fest und brach ab. Ein Nach-mittag mit den zweien ist genau das, was ich jetzt brauche, mahnte sie sich, erhob sich und schritt zum Telefon, das im Flur stand. Rasch wählte sie die Nummern und fragte ihre Freundinnen, ob sie mit ihr die Einweihung feiern würden. Dass alle beide zugesagt haben, finde ich super!, dachte sie, als sie den Hörer auflegte. Weil ich weiß, dass ich mit ihnen viel Spaß haben werde, schloss sie und grinste ihr Spiegelbild an. Ich freue mich so sehr, dass ich die Zwei wiedersehe, meinte sie zu sich. Da mich die Gespräche aufgeheitert haben, ist es Zeit, was zu tun, mahnte sie sich und wandte sich um.

Nachdem sie das geklärt hatte, jätete sie Unkraut im Garten. Dabei fiel ihr eine fremde Katze auf, die sie vorher nicht gesehen hatte.

Als die Samtpfote Lea entdeckte, verschwand sie rasch hinter einen Busch.

Du bist aber scheu, stellte Lea fest und schaute ihr nach. Als sie merkte dass die Fellnase in die Richtung des angrenzenden Gartens schlich, seufzte sie. Okay!, dachte sie und holte Luft. Dann gehört sie sicher dem neuen Nachbarn, schloss sie und wandte sich ab. Doch bevor sie ihre Arbeit wieder aufnehmen konnte, hörte sie die

Worte:„Ich entschuldige mich für Mika."
Rasch drehte sie sich zum Gartenzaun
um und betrachtete den Sprecher. Nach
einem Moment lächelte sie ihn an und
antwortete: „Das ist okay! Sie hat nur
mal geschaut!" Sie hielt inne und winkte
mit der Hand ab. Danach fügte sie hinzu:
„Ich weiß, wie neugierig Katzen sind.
Mein Stubentiger ist zwanzig Jahre alt
geworden und sie war genauso wie
deine eine Freigängerin." Als sie sich, an
was erinnerte, brach sie ab. Dann gab
sie sich einen Ruck und fuhr fort: „Leider
habe ich sie einschläfern lassen
müssen. Weil der Arzt bei ihr einen
Tumor diagnostiziert hat, der nicht mehr
operiert werden konnte." Sie schwieg
und atmete ein und aus. Danach sammelte sie sich und setzte neu an: „Ich
freue mich darüber, dass Mika hier war.
Denn so lernen wir uns jetzt schon

kennen. Ich bin Lea." Sie schritt auf ihn zu und hielt ihm ihre Hand hin.

„Und ich bin Olaf", stellte er sich vor, ergriff ihre Pranke und schüttelte sie. Als er losließ, seufzte er. Dann gab er zu: „Ich bin mir sicher, dass du da recht hast. Da ich noch fünfzig Kisten ausräumen muss wäre ich jetzt nicht herausgekommen." Er hielt inne und schaute seine Katze an, die um seine Füße schlich. Danach wandte er sich ihr zu und meinte: „Doch als ich Mika füttern wollte, war sie nicht da. Weil ich nicht gewusst habe, was passiert ist und sie die Gegend nicht kennt, habe ich die Streunerin gesucht." Er schwieg und lächelte sie an. Dann fuhr er fort: „Zum Glück war meine Sorge unbegründet, da ich sie bei einer netten Nachbarin gefunden habe." Er verstummte und holte Luft. Nach einem Moment schloss er mit den Worten: „Nun werde ich die

Bücher einräumen. Es war schön, mit dir zu plaudern.“

„Das fand ich auch!“, bemerkte Lea und stockte, weil sie überlegte. Warum nicht, entschied, bevor er ihr den Rücken zudrehte. Rasch riss sie sich zusammen und fragte: „Hast du am Sonntag was vor?“ Sie brach ab und lächelte ihn an.

„Bis jetzt noch nicht“, antwortete Olaf und sah sie an. Dann räusperte er sich und wollte wissen: „Warum fragst du?“

„Weil ich meine Terrasse einweihe und mich freuen würde, wenn du kommst“, erklärte sie und stockte. Danach gab sie sich einen Ruck und schloss mit den Worten: „Ich habe ein paar Freunde zum Kaffee eingeladen. Mehr nicht!“ Sie schwieg und zuckte mit den Schultern.

„Okay! Da sage ich nicht nein“, meinte Olaf, als er das hörte. Dann zögerte er und fragte: „Um wie viel Uhr denn?“ Er schaute sie an.

„Es tut mir leid! Das habe ich vergessen", stellte Lea fest und seufzte. Danach antwortete sie: „Um 15:00 Uhr."

„Das ist kein Grund, dich zu ärgern", sagte Olaf und hob Mika hoch. Dann wandte er sich ihr zu und meinte: „Bis Sonntag!" Nach diesen Worten verschwand er mit seiner Katze im Haus.

Was für ein netter Typ, dachte Lea und schaute ihm hinterher. Verdammt! Ich reiße mich jetzt sofort zusammen, mahnte sie sich und stöhnte. Weil ich noch was zu tun habe, schloss sie und drehte sich um. Dann stiefelte sie zu den Erdbeeren und kontrollierte diese. Super!, meinte sie zu sich, als sie feststellte, dass die Ersten des Jahres reif waren. Die werde ich zu einem Kuchen verarbeiten, da ich finde, dass das um einiges besser schmeckt, als das Gekaufte. Denn so weiß ich, wo es herkommt und dass ich keine Chemie esse, worauf ich wert lege, schloss sie und richtete sich auf. Danach räumte sie ihr Werkzeug weg, was sie zur Seite gestellt hatte, und verließ den Garten.

Es war eine viertel Stunde später. Okay! Dann will ich mal schauen, was ich Schönes zaubern kann, dachte Lea und setzte sich an den Küchentisch. Rasch atmete sie ein und aus und schlug eines der Backbücher auf, die vor ihr auf dem Tisch lagen. Eine Weile blätterte sie ihre Rezepte durch, ohne das ihr was gefiel. Das ist es nicht, entschied sie und wendete das Blatt. Was ist das, fragte sie sich, als ihr ein Zettel in die Hände fiel. Rasch schob sie das Buch zur Seite und sah ihn sich genauer an. Verdammt!, fluchte sie, da sie die Schrift sofort erkannte. Denn es handelte sich um das Backrezept ihrer Oma. Wie habe ich das vergessen können, meinte sie zu sich und kämpfte mit ihren Gefühlen.

Als sie auf das Rezept starrte, fühlte sie sich in eine andere Zeit zurückversetzt. Weil sie sich an das einstige Haus ihrer Großmutter erinnerte. Sie seufzte, als sie den Tisch mit der blauen Decke vor sich sah, welcher mit Rosengeschirr gedeckt war. Mist!, murmelte sie. Ich kann den von Omi gebackenen Kuchen fast riechen, der jeden Tag darauf stand, sagte sie zu sich und hob den Kopf. Als sie aus dem Fenster sah, fiel ihr ein, dass sie sich auf die Sommerzeit gefreut hatte. Weil sie, als sie noch ein Kind war, in dem großflächigen Garten gespielt hatte. Sie seufzte und kehrte in die Realität zurück. Verdammt! Das war eine tolle Zeit, dachte sie und holte Luft. Schön fand ich auch, dass es immer diesen Kuchen gab, meinte sie zu sich und schaute auf das Rezept in ihrer Hand. Als sie sich daran erinnerte, wie ihre Oma die Erdbeeren erntete, stockte sie. Warum ist mir nicht aufgefallen, dass ich viel von Omi übernommen habe, fragte sie sich. Denn genauso wie sie baue ich eine Menge selbst an, schloss sie und legte den Zettel auf den Tisch.

Als sie ihre Backbücher stapelte, hörte sie, dass das Telefon klingelte. Verdammt!, fluchte sie und atmete ein und aus. Rasch sammelte sie sich, stand auf und hob den Hörer ab.

„Hallo Schatz!", begrüßte sie die Mutter, nachdem sich ihre Tochter gemeldet hatte. Dann wollte sie wissen: „Habe ich dich gestört?"

„Nein!", antwortete Lea und schüttelte den Kopf. Danach setzte sie neu an und fügte hinzu: „Es ist schon gut. Ich hatte nichts Wichtiges vor." Sie hielt inne und winkte mit der Hand ab. Nach einem Moment räusperte sie sich und fragte: „Was willst du?"

„Ich wollte nur mal, was von dir hören. Da du dich länger nicht gemeldet hast.", stellte die Mutter fest und brach ab, weil ihr was auffiel. Als sie Luft geholt hatte, fuhr sie fort: „Du klingst so merkwürdig. Ist alles in Ordnung?"

„Ja! Mir geht es gut! Danke!", antwortete Lea und schwieg. Dann atmete sie ein und aus und erklärte: „Ich habe nur gerade Omas Rezept für ihren Erdbeerkuchen gefunden. Das hat mich an sie erinnert." Sie hielt inne und seufzte. Danach gab sie sich einen Ruck und fuhr fort: „Da ich am Sonntag Besuch erwarte, werde ich ihn backen." Sie brach ab.

„Das ist eine gute Idee!", erwiderte ihre Mutter und verstummte. Nach einem Moment setzte sie neu an und sagte: „Ich finde es schön, dass du sie so ehrst." Sie hielt inne und räusperte sich. Dann fügte sie hinzu: „Ich bin mir sicher, dass dir Maria von der Wolke sieben aus zusieht und lächelt, wie sie es jedes Mal getan hat."

Als Lea das hörte, kämpfte sie mit den Tränen. Verdammt!, murmelte sie und wischte sich über die Wangen. Danach holte sie Luft und meinte: „Das fände ich super, wenn es so wäre." Sie schwieg und sammelte sich. Als sie spürte, dass sie ihrer Gefühle im Griff hatte, gab sie zu: „Doch schon allein die Vorstellung ist tröstlich. Denn ich vermisse Oma." Sie seufzte und räusperte sich. Nach einem Augenblick fuhr sie fort: „Aber das ist nicht der Grund dafür, warum ich mich für den Kuchen entschieden habe."

„Okay!", meinte die Mutter und zuckte mit den Schultern. Dann fügte sie hinzu: „Jetzt bin ich neugierig. Was hat dich dazu bewogen?"

Lea zögerte und überlegte. Als ihr was einfiel, antwortete sie: „Ich weiß, dass

Omas Rezept das Beste ist, weil ich viele Weitere ausprobiert habe." Sie schwieg und stöhnte. Danach gab sie zu: „Das habe ich schon erkannt, als sie noch gelebt hat." Sie brach ab und kämpfte mit den Tränen. Verdammt!, murmelte sie und wischte sich das Wasser von den Wangen.

Als die Mutter ihre Tochter weinen hörte, schwieg sie eine Weile. Dann räusperte sie sich und sagte: „Ich stimme dir zu! Marias Rezept ist toll." Sie verstummte und atmete ein und aus. Danach gab sie sich einen Ruck und fuhr fort: „Ich gebe zu, dass ich es dreimal probiert habe. Doch ich muss was falsch gemacht haben. Denn mir ist der Kuchen nicht gelungen." Sie hielt inne und seufzte. Dann schloss sie mit den Worten: „Oder ich habe kein Talent." Sie zuckte mit den Schultern und schniefte.

„Das macht gar nichts!“,meinte Lea, als sie das hörte. „Du hast andere Stärken“, fügte sie hinzu und verstummte. Nach einem Moment fragte sie: „Magst du am Sonntag kommen oder hast du was vor?“

Rasch wischte sich die Mutter über das Gesicht und sammelte sich. Dann holte sie Luft und antwortete:„Ich danke dir für die Einladung.“ Sie stockte und legte die Hand auf den Bauch. Danach gab sie sich einen Ruck und fuhr fort: „Aber das ist eine schlechte Idee. Durch die ganze Aufregung der letzten Zeit ist mein Magen durcheinander. Ich habe mich heute schon vier Mal übergeben. Und ich muss erstmal schauen, dass sich der beruhigt.“ Sie hielt inne und stöhnte.

„Okay! Das verstehe ich“,meinte Lea und verstummte. Dann setzte sie neu an und sagte: „Ich wünsche dir, dass du dich bald wieder besser fühlst." Sie brach ab und atmete ein und aus. Danach stellte sie fest: „Die Erdbeerzeit fängt ja erst an. Und bis zum Ende backe ich diesen Kuchen noch mal. Wozu ich dich einlade. Das verspreche ich dir."

„Das ist nett von dir", erwiderte die Mutter und brach ab. Nach einem Moment fügte sie hinzu: „Und nun halte ich dich nicht mehr auf. Da du sicher, was vor hast. Oder?"

„Mit der Arbeit bin ich fertig", antwortete Lea und seufzte, als ihr was auffiel. Dann gab sie zu: „Ich weiß bis jetzt nicht, womit ich mich gleich beschäftige." Sie hielt inne und zuckte mit den Schultern. Nach einer Pause, in der ihr die Idee kam, fuhr sie fort: „Ich lese heute Abend."

„Okay! Das klingt gut!", stellte die Mutter fest und holte Luft. Dann räusperte sie sich und schloss mit den Worten: „Ich wünsche dir viel Spaß in fremden Welten!"

„Danke!", erwiderte Lea und beendete das Gespräch.

Als Lea am nächsten Tag die Erdbeeren pflücken wollte, sah sie, dass Mika durch den Garten streunte. Was für eine Schönheit, dachte sie, als sie merkte, dass die Samtpfote diesmal nicht wegrannte, sondern kam zu ihr. Rasch bückte sie sich und streichelte die Katze, welche miaute und um ihre Beine strich. „Du bist ja eine ganz elegante", meinte sie und fuhr ihr mit der Hand über den Rücken. Dann hielt sie inne und prüfte den Himmel, der sich verdunkelte. „Aber du solltest dir besser ein trockenes Plätzchen suchen. Weil es gleich regnen wird", mahnte sie und erhob sich.

Mika miaute noch einmal und rieb sich an ihrem Bein. Dann drehte sie sich um, schlich zwei Meter weiter und setzte sich hin.

So ist es gut!, dachte Lea, als die Samtpfote nach einigen Minuten verschwand. Doch danach sah sie zu der Stelle rüber und seufzte. Zum Glück habe ich das ganze Beet mit Stroh abgedeckt, sagte sie zu sich und atmete ein und aus. Sodass diese Hinterlassenschaft kein Problem ist, fügte sie hinzu, zupfte ein paar Halme heraus und beseitigte den Kot vom Weg. Als sie fertig war, schmiss sie diesen als Dünger unter die Pflanzen. Danach erntete sie rasch die Erdbeeren. Dabei fiel ihr ein, wer ihr den Tipp verraten hatte. „Danke, Oma!", flüsterte sie und schaute zum Himmel. „Der war toll! Weil die Früchte so nicht mit Erde beschmutzt werden und sich besser ernten lassen", schloss sie und beendete ihre Arbeit.

Das war knapp, stellte Lea fest, als sie die Haustür aufschloss und es donnern hörte. Rasch durchquerte sie den Flur und betrat die Küche. Dort füllte sie die Erdbeeren in eine Schüssel um und verfrachte diese in den Kühlschrank. Okay! Heute muss ich noch den Mürbeteigboden backen, murmelte sie und öffnete einen der Schränke. Damit der richtig auskühlen kann, fuhr sie fort und suchte die Zutaten zusammen. Verdammt!, fluchte sie, als ihr was einfiel. Ich hoffe, dass es morgen kein Gewitter gibt, fügte sie hinzu und knetete den Teig. Weil ich sonst die Masse nicht steif bekomme, dachte sie und stellte ihn kalt. Diese bestand aus Schmand und Sahne und kam unter die Erdbeeren. Wenn es nicht klappt, belege ich den Boden so, entschied sie und setzte sich. Aber vielleicht habe ich Glück und das Wetter klart auf, schloss sie und schaute aus dem Fenster. Okay! Weiter geht es, mahnte sie sich, als sie sich nach einer Weile umwandte und auf die Küchenuhr sah.

Es war Sonntag Nachmittag. Ich finde es super, dass die Sonne vom wolkenlosen Himmel scheint, dachte Lea und deckte den Tisch auf der Terrasse. Als sie damit fertig, war, hörte sie, dass es klingelte. Ich freue mir darauf, die beiden zu sehen, meinte sie zu sich und öffnete die Tür. „Hallo! Wie schön, dass ihr Zeit habt", begrüßte sie die Freundinnen und lächelte sie an.

„Die Sitzecke ist aber schön geworden", stellte Tina fest, als sie den Garten betrat. Sie hielt inne und holte Luft. Dann räusperte sie sich und fuhr fort: „Ich erinnere mich noch gut daran, wie es vorher hier aussah." Sie verstummte und strich mit der Hand über das Holz. Danach wandte sie sich ihrer

Gastgeberin zu und fragte: „Hast du die selbst gebaut?“

„Ja!“, bestätigte Lea und lächelte sie an. Dann gab sie sich einen Ruck und erklärte:„Du weißest, dass ich handwerklich geschickt bin. Die Anleitung für diese Sitzgruppe habe ich im Internet gefunden.“ Sie hielt inne. Nach einem Augenblick setzte sie neu an und meinte: „Ich hole den Kuchen. Schenkt doch schon mal Kaffee ein.“ Als sie das gesagt hatte, hörte sie, dass es erneut an der Haustür klingelte.

„Erwartest du noch jemanden?“ ‚fragte Tina und setze sich. Rasch schaute sie sich auf dem Tisch um. Als ihr was auffiel, fuhr sie fort: „Du hast einen Neuen! Das erklärt die vierte Tasse.“ Sie schwieg und deutete darauf.

„Nein das habe ich nicht“, antwortete Lea und schüttelte den Kopf. Dann atmete sie ein und aus und fügte hinzu:

„Das wäre mir nach dem Drama mit meinem Ex viel zu früh.“ Sie hielt inne und sah die Freundin an. Danach räusperte sie sich und gab zu: „Ich habe Olaf eingeladen. Er hat vor einer Woche das Haus bezogen, was so lange leergestanden hat.“ Sie brach ab, drehte sich um und betrat das Wohnzimmer.

„Okay!“, rief Sabine hinter ihr her und nahm ebenfalls Platz. Dann sah sie in die Richtung und fügte hinzu: „Etwas anderes habe ich bei dir auch nicht erwartet. Du hast dich ja erst vor zwei Wochen von deinem Exfreund getrennt.“ Sie verstummte und seufzte.

Lea ignorierte sie, weil sie hörte, dass es ein zweites Mal klingelte. Rasch sammelte sie sich und schritt zur Tür. Als sie diese öffnete, sah sie einen Blumenstrauß, der sagte: „Ich bedanke mich für die Einladung.“ Er hielt inne und holte

Luft. Dann setzte er neu an und fügte hinzu: „Und der ist für dich."

„Danke Olaf!", meinte Lea, als sie ihm die Blumen abnahm. Danach zögerte sie und schaute ihn an. Nach einem Moment räusperte sie sich und fuhr fort: „Das wäre aber nicht nötig gewesen." Sie schwieg und lächelte ihn an. Dann gab sie sich einen Ruck und sagte: „Komm rein! Die anderen warten auf der Terrasse." Rasch wandte sie sich um und trat zurück.

„Schon in Ordnung!", meinte Olaf und schloss die Tür. dann drehte er sich zu ihr um und sah sie an. „Ich entschuldige mich damit für Mikas Ausflüge in deinen Garten", stellte er klar und lächelte sie an.

Lea starrte ihn an und seufzte. Danach räusperte sie sich und gab zu:„Aus so einem Grund hat man mir noch nie Blumen geschenkt." Sie hielt inne und zuckte mit den Schultern. Verdammt!,fluchte sie, als sie merkte, dass sie mit ihm flirtete. Auch wenn ich mir was anderes vorgenommen habe, kann ich es nicht lassen, meinte sie und schaute ihn an. Denn ich finde ihn sehr attraktiv, stellte sie fest und stöhnte. Rasch sammelte sie sich und schritt voraus.

Als sie in der Küche ankam, versorgte sie zunächst die Blumen. Dann holte sie das Backwerk aus dem Kühlschrank und kehrte damit auf die Terrasse zurück.

„Das hat aber lange gedauert!",stellte Tina fest, als sie die Freundin sah. „Wir haben uns schon Kaffee eingeschenkt", schloss sie und begutachtete den Kuchen. „Der sieht gut aus!", meinte sie und schaute auf. Danach holte sie Luft und fuhr fort: „Diesmal hast du ja richtig gezaubert." Sie verstummte und lächelte die andere an. Dann fiel ihr die Lage unterhalb der Erdbeeren auf und sie fragte: „Aus was besteht die Schicht unter den Früchten denn? Das habe ich noch nie gesehen."

„Das ist Sahne und Schmand!", antwortete Lea und sah die Freundin an. Nach einem Moment gab sie sich einen Ruck und fuhr fort: „Das Rezept ist uralt, denn so hat ihn schon meine Oma hergestellt." Danach wandte sie sich an Olaf, der neben ihr stand. „Setz dich bitte und schenke dir Kaffee ein." Sie stockte, als ihr was auffiel. Wie habe ich das vergessen können, mahnte sie sich und schüttelte den Kopf. Dann sammelte sie sich rasch und fragte: „Oder trinkst du Tee?" Sie sah ihn an.

„Filterkaffee ist okay!", meinte Olaf und setzte sich auf einen der beiden Stühle. Danach schaute er seine Gastgeberin an und fuhr fort: „Doch auf den Kuchen verzichte ich besser. Weil ich allergisch auf

Lactose reagiere." Er hielt inne und lächelte sie an. Dann atmete er ein und aus und sagte: „Ich finde es gut, dass du dieses Rezept gebacken hast." Er warf einen Blick auf das Backwerk und seufzte. Mist Allergie!, murmelte er. Bei dem Anblick läuft einen das Wasser im Mund zusammen, dachte er und sammelte sich. Danach drehte er sich zu ihr um und schloss mit den Worten: „Da freut sich deine Oma sicher und er sieht wirklich toll aus."

„Danke!", antwortete Lea und brach ab. Verdammt!, fluchte sie und kämpfte mit den Tränen. Nicht schon wieder!, mahnte sie sich und wandte den Kopf zur Seite. Als sie spürte, dass sie sich im Griff hatte, erklärte sie: „Entschuldigt bitte! Meine Großmutter ist vor drei Wochen gestorben." Sie schwieg und wischte sich über die Wangen. Dann holte sie Luft und fügte hinzu: „Aber ich glaube fest daran, dass sie mir von Wolke sieben aus zusieht. Was mich tröstet." Sie drehte sich um und sah die anderen an. Danach gab sie sich einen Ruck und fuhr fort: „Doch das soll uns den Nachmittag nicht verderben. Weil ich weiß, dass sie ein erfülltes Leben hatte und friedlich eingeschlafen ist." Sie verstummte und überlegte. Als ihr was einfiel, wandte sie sich Olaf zu und sagte: „Ich habe noch einen Rest selbst gebacken Marmorkuchen." Sie sah in an und fragte: „Darfst du den?"

„Da sage ich nicht nein!", antwortete er und stockte. Nach einem Moment setzte er neu an und meinte: „Das mit deiner Oma tut mir leid."

„Schon gut!",stellte Lea fest und winkte mit der Hand ab. „Das hast du ja nicht wissen können", fuhr sie fort und stöhnte, als sie die Tränen in ihren Augen fühlte. Das darf nicht wahr sein, schimpfte sie und wischte das Wasser weg. Ich reiße mich jetzt sofort zusammen, mahnte sie sich und atmete ein und aus. Dann schaute sie ihn an und erklärte: „Ich hole dir deinen Kuchen." Als sie das gesagt hatte, flüchte sie ins Haus.

Als sie dort ankam, stürmte sie in Bad und wusch sich ihr Gesicht. Nach einem Moment spürte sie, dass sie ihre Gefühle im Griff hatte, schritt in die Küche und öffnete einen Schrank. Rasch nahm sie die Dose mit dem Backwerk heraus und kehrte zu ihren Gästen zurück.